Obras de arte

Lada Josefa Kratky

Este es un cuadro. Es la
obra de un pintor. Su nombre
aparece en el cuadro.

Algunas obras de arte tienen
un cuento escondido. Nosotros
miramos la obra y tratamos
de adivinar el cuento.

Las primeras obras de arte se veían así. Eran grabados hechos en piedra. Para grabar, se usaban otras piedras afiladas.

Estos grabados son como un cuento. Nos hablan sobre la vida de la gente que los hizo. Vemos que cazaban.

En estos otros dibujos se ven
más colores, como el negro, el gris,
el blanco y el rojo. Estos dibujos
también son como un cuento.

Aparecen toros, bisontes y venados. Vemos qué animales vivían allí entonces.

Cuando miramos estos dibujos, vemos otros cuentos. Vemos más detalles. Al mirarlos podemos contestar preguntas.

¿Cómo se vestía la gente?
¿Qué animales usaba? ¿Había
cocodrilos? ¿Trabajaba la
gente en el campo?

Este otro cuadro también tiene un cuento. Lo podemos contar contestando estas preguntas: ¿Qué animales se ven? ¿Están en una granja? ¿Qué hace el hombre?

Aquí vemos casitas grises y
piedras grandes. La gente lleva
sombreros con cintas negras.
Con este cuadro, aprendemos
algo sobre la vida en este lugar.

Algunas obras de arte nos hacen pensar en las primeras obras de hace muchos años. ¿Se parecen estas dos obras? ¿En qué se parecen? ¿Qué nos enseñan?